철새는 제철에 떠난다

철새는 제철에 떠난다

박현태 시집

토담미디어

사족

시에 설명을 붙이면 사족이 될 수 있다.
시집을 내는데, 이유가 있겠는가? 시가 이해를 구하려하지
아니하듯 덧붙임은 구차할 수 있다. 해명을 싫어하는 것이
시 만이랴. 삶도 그렇다는 것을 느끼기도 한다.
모든 것에는 까닭이 있겠으나 그 까닭은 그 자체로 족할 때가
있다. 나이는 자꾸 들고, 이제 일상사가 없어져
무료한 날들을 살면서 시를 읽고 쓰고 느리게 소일한
뒷물 같은 것을 모아 책을 묶는다. 말로서 말을 다 못하듯,
시로서 시를 제대로 짓지 못하는 고통이 오히려 희열이
되기도 하고 그러면서 알 혼을 내보이고 싶은 욕구를 느꼈다.
늦으막 삶을 시와 같이해보려고 자꾸 욕심을 부리는데
좀체 치졸을 면치 못하게 된다. 다만 요행히도 시와
같이 노는 그 이상의 재미를 다른 것에서는 찾지 못한다.
곁에 산이 있는 동네, 자연의 무주상보시無住相布施로
천연스레 살아보려 한다.

2015년 초하, 수리산하에서
박현태

차례

1부

빗소리

제대로 살라고

톡 톡 톡

귀때기를 때리며

구두코를 적시며

문 앞까지

우산을 접을 때까지

쉬지 않고 따라오는······.

땅을 파면서

세상에
가장 답답한 일이
땅 팔 노릇이라 하는데

아이야
어른들의 말씀을 그대로 믿지 마라
땅을 파보면
땅 속에 흙이 있단다

흙은
약속을 지켜
콩 심은데 콩 나고
팥 심은데 팥 나는
마땅하고 정직한
흙심이 있단다.

노을에 기항寄港

삶이란
운명이 던져두었다가
거둬가는 것이다

생겨 성장하고 쇠락하는
생명이
생애라는 것이다

애초에 나는 고래잡이가 아니었다

논 없는 농부의 아들로
11월 겨울바다
목선으로 출항했다

삶에 항해는 쉬고 싶다고 쉬어지는 게
아니지만 어쨌든, 세계의 한 켠에
세상의 하나로 부지한 생명

본디로의 기항은 운명이다

너스레를 떨며 엄살을 부린다고 누가
웃겠나. 다만
말과 글 먹이를 줄여야겠다

겨울이 오면
노 없이 밀물에 맡긴 채
동면을 위한 접안은
명에 대한 순응이자 호사다

빈 배 가득 노을이 실린다.

생각 없는 밥

세상에 맛없는 밥이 혼자 먹는 밥이네요
식탁은 바다 같고
접시들이 섬이네요

다시 데운 무우국
국물 속에 반달이 떠네요
엄마 얼굴 같네요

여섯 남매를 한솥밥에 키운
당신 때문일까요
은수저 뒤꿈치가 들려 있는데도
은근히 무겁네요

집이 먼 사람과
집이 없는 사람을 비교해보네요
먹어도 먹어도 배고픈 사람과
먹지 않아도 배부른 사람은 다르네요

〈

하루의 파고가 식탁 안에 잦아듭니다
항해는 바다에서만 하는 게 아닌가 봅니다
세상 참 머네요

생각 없는 밥 혼자 먹네요.

글쎄요

나는 누구인가요
쉬우면서 어렵지요

그런 물음
누가 왜 하게 됐을까요?
깨달음, 그렇게 어렵나요?
그럼, 안다는 건 쉽나요?

종교적 질문처럼 어리석게
철학적 대답처럼 어설프게

글쎄요

내가 할 수 있는 것과
내 맘대로 할 수 있는 것은 다릅니다

쉬운 답은 쉬운 물음 때문이고

답이 없는 것은 질문이 아니기 때문이지요

분할되지 않는 사유는
의문도 풀리지 않더군요, 글쎄요.

세상의 셋방

한 생
세상의 셋방에 사네
날이 저물어
일상의 옷을 벗어 윗목에 두고
8자로 눕네

따뜻한 평온이 등뼈로 스며들어
사지가 버들강아지처럼 노곤거리네
생각해보니 세상의 주인은 누굴까?
태어나 궂은 일만 시킨 사지육신을
세상의 한 칸 셋방에 누이고
스스로 눈물도네

떠날 때, 한세상 잘 빌렸다고
다음 생도 부탁한다고
이왕이면 왕궁을 빌리고 싶다고
애걸을 떨어보네

〈

나는 아버지의 아들, 아들의 아버진데
세상의 밥벌레는 면할 수 있겠지만
구차한 하루를 꿈처럼 접네.

함초를 아시나요?

소금밭에 풀이 자라네요
이름이 함초라 하네요

염천에 직선으로 서 있네요
참 요염한 몸
포들포들한 소금꽃 같네요

소나기 맞아 축 쳐지더니
파도소리 듣고 빳빳해지네요.

환청

아까부터
소리 하나가
문고리를 잡고
보일 듯 말 듯
들어올 듯 말 듯 한다

코 고는 제비새끼 숨소리 같기도 하고
막 끝낸 편지에서 잉크 마르는 소리 같기도

등을 밀어 몇 번씩 돌아누워도
무슨 그리움이나 되듯
밤잠을 설치게 하고 있다.

시詩를 묻다

내가 나에게 나는 누구인가
묻듯
시인이 시에게 시가 무엇이오
하면
나는 시를 쓰며 시를 모르고
시인이면서 시인이 아닌 어중때기라
하더라도
그것이 그리 웃음이 되지 않을 터
시를 사랑하는 이유 하나로
시인일 수 있고
시인이기 때문에 시를 쓰게 되는데
자꾸 물어 무슨 답을 구하려 하는가
말과 글
마음과 몸에 정직한 게 시詩다.
나는 시인이다 그러므로 시를 쓰고
시가 시인에게,
시인이 시에게 너는 진정한가 묻는다.

감사 또 감사

하늘에
햇님, 달님, 별님
지상에
들님, 산님, 물님
식탁에
농부님, 수부님, 축부님

한세상 더불어 살게 해주서서
고맙습니다
늙어 한잔 할 수 있는 술
능청스레 감사합니다.

빈집

사람이 살지 않는 집에
봄이 왔다

햇살이 금줄처럼
거미줄 사이에 드는데
참 오랜만에 열리는 문이
아아앙, 해금처럼 운다

먼지들이 털어지면서
놀란 바람 멈칫거리고
숙이고 기다리던 외로운 것들
켜켜한 절망이 눈을 뜬다

오랜 고요가 사는 집
내 고향
내 영혼의 빈집.

어미의 하늘
— 엄마의 경전 1

삶이 고단할 때
네 운명이 궁금할 때
하늘을 보거라
세상이 원망스럽고
슬프고 외로울 때
하늘을 보거라

하늘이 네 어미이니라

태어날 때
돌아갈 때
하늘이 네 자궁이니라.

따뜻한 저녁

서쪽 문을 열어두고 밥을 먹네
맛이 따뜻하네
세월이 반찬이네
곰삭은 조개젓처럼 짭조롬하네

세상이 아름다운 걸
삶이 행복한 걸 70에 느끼네
어제 오늘 내일 그렇게 되풀어
살갑게 살고 싶네

파란만장했던들
늙는 게 죄이듯 해 지네
문 열고 워낭소리 달랑달랑
복복福자를 흔들어 아내가 들어오네

몸은 줄어도
마음은 술빵처럼 부풀고

산은 머리를 들고
빙그레 쳐다보네.

세상의 계절

물속에 살얼음 들 때
두레박으로 우물을 건진다
외씨 같은 초승달이 달려온다

엄청 먼 시베리아의 변경
갈까마귀떼 소리가 들린다

누런 전염병에 걸린 낙엽들이
개미집을 덮는다

오십에 아이를 밴 여인이
가난한 눈물 묻은 티슈로
입술을 닦을 때
별빛 하나가 지상으로 떨어지고 있다

허깨비 같은 밤안개가
한길에 나와 서성이는데

허리를 꼬부린 달팽이가
대나무 작대기를 짚고
세상의 계절을 질러가고 있다

아, 가을이구나!

예감

문밖 설한풍 부는데
동갑내기 서넛이 앉아 한잔 한다
내년에도 봄이 올 것이라 하고
봄은 오지 않을 것이라 하고

그 해 가고 봄이 왔는데
봄이 오지 않을 것이라던 친구는*
겨울과 함께 갔다

버들 끝에 연두색 물드네
우리 두엇이 꽃구경이나 가겠네

미안하네─.

가을이 오면

가을이 오면
지난여름은 이미 전설일 것이다

북서풍이 불면
첫눈이 내릴 것이고

산을 넘어가는 송전탑이
녹슨 철골로 흔들릴 것이다

친구들의 전화는 뜸해질 것이고
재래시장엔 전어가 나올 것이다

초록에 풍 들고 단풍이 낙엽되어
이웃집 창문까지 날아 올 것이다

산이 너덜너덜 헌 지폐 같아질 것이다.

인간의 숲

우리들 숲에

1%의 벌레가 제왕처럼 갑질하며

수상하게 사는데

정직한 시절이 오면

그런 시절이 올라나 몰라도

맨 먼저 아이들을 풀어라

고요한 때가 되면

햇빛과 빗물로도 숲은 자라고

흙과 바람으로 구차를 면하는

그렇게 정직한 시절이 오면

논술도 부기도 말고 마술피리 불어

세상의 숲이 놀이터이게 하라

행복한 시절이 올라나 몰라도

교육과 종교, 나라도 몰라라 하여

즐겁게 놀고 놀아 삶이 재밌게 하라

만세야 만세야 네 이름이 뭐니

어떻게 살려고 우리나라 만세니?

무슨 일이냐고 세상에 묻지 말라 하라
우리들의 숲에 정직한 시절이 오는지
맨 먼저 아이들을 풀어 물어보게 하라—.

가을비 오는 중

온종일 비가 내릴 것이다

비는 모두를 젖게 할 것이다

젖는다는 건 단순하지 않을 것이다

즐겨 젖는 것과 애타게 젖는 건

모두 다를 것이다

나무뿌리와 풀잎사귀는 속없이 젖을 것이고

신호등은 색마다 색다르게 젖을 것이고

자동차와 비행기는 젖는 속도가 다를 것이고

도시와 농촌을 적시는 비는 할 일이 다를 것이고

강과 산에 내리는 비는

바다에 다다르는 시간이 다를 것이다

설사, 젖지 않는 것도 젖게 하는

싯누런 가을비 추적추적 내릴 것이다.

징검다리

내 삶에 여울이 흐르고
날마다 돌 하나
또 하나를 물에 놓는다

물살을 안고 엎드린 돌은
제 등을 밟아
깨금발로 건너게 하는데

하나에서 둘, 둘에서 셋
셈하는 사이로
찰랑찰랑 세월이 흐르고

젖기도 하고 마르기도 하면서
낮과 밤을 번갈아 아슬아슬 사네.

행복한 생각

  어제란 말이 좋다. 오늘도 좋다. 글피는 더 좋다. 미래,
희망, 꿈, 성공, 노력이란 말들 황홀하다. 낮잠들 때, 가을비
젖을 때, 서쪽 문을 열 때 사르륵 사르륵 거품 물고 돌아가는
면도기 소리 좋다. 의미가 없는 것이 의미가 있는 것보다
좋다. 철없는 생각, 그냥 웃는 미소, 양말에 밴 땟국냄새,
오줌을 싸고 지퍼를 올릴 때 살아 온 날만큼 더 살고 싶은
그런 생각이 좋다. 시 쓸 때가 좋다.

새벽산에 오르다

산이 하늘에 솟았다

우주를 산책하는
지구의 정수리인가
아니면
백두대간 끼고 자던 밤안개
새벽에 몸을 푸는가

아랫도리 까고
출출출 소피보는
시퍼런 계곡 옆으로
멧새 두어 마리 까불며 놀고
소리쳐 돌아보지 않고
흔들어 움직이지 않는 산

새파란 봄이 돌아들고 있다.

통증에 돋는 추억
— 영화 〈국제시장〉 감상기

영화는 내 아날로그적 감성을 두드렸다
나란히 앉아 아내의 손을 꼬옥 잡았다
심경이 더욱 빠르게
과거의 터널 속을 헤집는 손전등 불빛처럼
아픔의 토막들을 현상시켜나갔다.

삶이 눈물이게
추억이 통증이게
현실보다 또렷이 생동한다
1970—1973 나는 광부였다
그냥 석탄만 캐는 광부가 아니라
머나먼 서부독일 탄광에서 석탄을 캐라는
나라의 명령으로 파견된 광부
세칭 파독광부였다

영화가 흉터를 건드리자 통증이 돋아났다
늙은 눈에서 젊은 눈물이 흐르고

그때를 기억하는 살과 뼈들이
마른수수깡처럼 허우적거린다
우리 그때, 내가 아닌 우리로, 나가 아닌 국가로
행복이 함몰된 시대를 살았지
저당 잡힌 운명, 어둠의 세상을
첨벙첨벙 건너야 했지
그랬지―

모두의 삶이 다 그랬다 하더라도
태어나 궂은 일만 시킨 육신에 이따금 미안하던 차
저리 무심하게 보여주는 영화 〈국제시장〉이
지나간 세상, 세월 한쪽
아린 통증 쓰다듬으며 돌아보게 하네.

부르고 싶은 노래

아무네 삶이라도
오선지에 올리면
노래가 될 수 있을까?

과거가 모두 추억이 아니듯
사연 없는 작곡은
노래가 되지 않는다

사랑이 시보다 좋다는데
나는 시가 더 좋다
시를 사랑하므로

부르고 싶은 노래는 여태
부르지 못하고 있는 중.

시인은 문화인이다

인간이 사람이 되기 위해서는 픽션이 필요하다

사람이 사람답게 살아가려면

얼마간의 포장이 필요하다, 연기가 필요하다

사람한테 사람대접 받으려면

상당한 위선이 필요하다

삶을 사람이듯 살아가기에는 연습이 필요하다

선과 위선의 묘수를 익히는 게 공부다

지식과 지혜라는 술수가 시 쓰기에 필요하다

바르고 틀림의 차이도 그렇다

그러므로 다수의 시인들은 문화인이다

섬이 있는 가을 밤

섬이
빈 병처럼 바다에 떠 있다

밤 깊어
굵어지는 별들
밤톨처럼 빛나고
얼굴같이 둥근 달
물속에 와 있다

새끼 품은 물새
늦게 피는 꽃들도
파고 너머 흔들리는 사랑을
흠모하고 있다.

설한에 띄우는 어머님 전상서

함박눈이

4월의 복사꽃처럼 휘날리는 아침입니다

저 꽃 좀 보세요

어머님 함박웃음 같네요

선하고 곱네요

오래 묵혀 삭혔던 그리움이

울대 밑에서 명동鳴動하네요

무명치마 동여맨 허리춤에서

엷은 바람 부네요

땅이 쓸리네요

하늘이 방생하는 나비 떼들이

어머님 머리에 날개를 접네요

몸은 추운데 마음이 따뜻해지네요.

사랑지우기

지순한 것은
머리에 두는 게 아니고
가슴에 쌓아야 오래간다

잘라내도 지워지질 않는 게
그리움이다

사랑에 애타하지 마라
사랑도 생명을 잃는 날 잃게 된다

만져지는 사랑

잔디밭에 앉아
잔디 머리를 쓰다듬으니
잔디가 웃는다

잔디는 손바닥만큼 간지럽고
잔디의 목이 굽었다 펴졌다
잔디의 마음이 고왔다 미웠다
잔디가 잔디끼리 보듬어
잔디의 바람이 된다

잔디가 잔디답게
살가운 사랑의 율동이 된다

삶의 헛걸음

병실의 아내를
링거 줄에 걸어놓고 나왔다

약속한 친구는 오지 않았고
밤이 좀 더 깊은 겨울로 가고 있다

휴대폰은 울지 않고
각진 골목엔 외등만 켜있다

오래 살아도 깨닫지 못하는
삶의 헛걸음
세상의 밤을 까맣게 헤맨다.

정동진에서

새해 새아침 새떼들이
새파랗게 언 하늘에
외줄의 길을 낸다

길이 푸른 바다에 빠진다

놀란 물결이
펄떡펄떡 뛰는데
여명의 탯줄에 스미는
자주색 핏발
깊고 깊은 자궁을 뚫고
시뻘건 해가 솟는다

활 떠난 살에
불꽃이 활활 타오른다.

시가 이래도 되나요

한 줄의 시가
세상을 아름답게
세상을 맛있게
세상을 절절하게
신의 음성으로
인간의 영혼을 불러낼 수 있나요?

한 줄의 시가
생과 사의 경계를
영과 육의 소통을
선과 악의 분할을
미와 추의 융합을
시공의 발호를, 우주의 관통을
노래할 수 있나요?

세계의 신비를, 우주의 경외를
노리개 삼아

말하지 못하는 세상 전부를

시로 써도 되나요?

촛불

불씨
한 촉 생명이 된다

생의 여정에 몸을 흔들어
양각의 무늬로 촛농이 떨어진다

불이 꽃으로
꽃이 빛으로
자기 몫의 세계를 밝히고 있다.

그림 속의 그림자

단발머리에 나비 핀을 꽂은 소녀가
나풀나풀 초록들판과 놀고 있다
빨강색 텐트가 사각형으로 서 있고
러닝셔츠만 걸친 아버지가 구부린 등을 보이며
취사 준비를 하는데
그림책을 읽고 있는 엄마의 열린 스커트 사이로
우유색 허벅지가 보이고, 진홍빛 삼각팬티가
장미꽃처럼 피었다
머리 위의 태양이 한 뼘씩 서쪽을 옮기는데
따라다니는 양털구름이 자꾸 생김새를 바꾼다
조금씩 옅어지는 그림자
세상도
시도 그렇게 변한다.

입추 무렵

산책길
구스타프 링애 듣네

가을이 오는지
굴참나무 끝에 헛물 드네

비 씻긴 하늘 끝
하현달 걸려 있네

이맘때
북쪽을 쳐다보는 건
이상한 일 아니네.

폭설

깡깡 추위에 바삭 언 하늘
종잇장처럼 부서져
4월 지는 복사꽃처럼
10월 떠는 은사시처럼
시벨리우스 날개 달린 음률처럼
하얀 종아리로 내리네
먼저 온 눈이
지상에 등을 기댄 채
오고 또 와도 자꾸 품어
술빵처럼 몸을 부풀리네

새들이 걸어가네
새빨간 발목 밟고 간 자리
꽃잎 같은 음각 찍히네
눈은 또 오고 내려서
길 여는 인부들 콧구멍 벌렁벌렁
허연 김 황소처럼 쏟아지네

가을 산에 갔더니

숲이
물들고 있더라
잎이
하나씩 달랑달랑
바람 안고 날아가고 있더라

흑바위 정수리
파랗게 묻은 새똥들이
노랗게 바래지며
작아지고 있더라

산이 가벼워지며
서쪽으로 조금씩 옮겨가더라

시로는 못 쓴다

양지맡에 쪼그리고 앉아
움트는 새싹 한 포기
요리 보고 조리 보고

　　시로 쓸 수 있나요?
　　쓰면 시가 될까요?

참 곱다
감탄 하나 놓아두고

주머니 속 우수와 사색을
다글다글 굴리며 온다.

오솔길

볼레로를 들으며 희망의 시대로 가는 거
청춘 같은 거
애국가를 부르는 목소리 같은 거
몰래하는 호작질 같은 거
세상 뒤란에 떠도는 비밀 같은 거
혼례식장 몰래 짓는 새신부 미소 같은 거
동강을 거슬러 오르는 모래무치 같은 거
처음 해본 Sex 같은 거
가슴을 치받는 축하 그런 감격 같은 거
국 끓는 소리 같은 거
손잡고 같이 듣는 빗소리 같은 거
육신이 살랑살랑 나비 되는 거―.

몽상

껍데기를 보는 건 눈이다
눈이 보지 못하는 건
마음이 본다
마음이 보지 못하는 건
혼이 본다

죽은 자는 더 이상 쉴 수 없다

몽상이 글을 만나면
시가 된다.

2부

새해의 기원

해 내내 첫날처럼 하소서
하늘 아래 살아가는
날마다 시를 쓰게 하소서
고요를 깨어내는 명상과
정갈하게 길어내는 밀어가
삶에 순응하게 하소서
글말이 영롱하게 빛나서
그대의 혼에 반짝이게 하소서
포란을 깨고 나온 노랑부리
신비로운 세상이게 하소서 그리하여
시집 한 권 펴게 하소서

야맹증

생각 없이 하늘을 보는데
멀리서 별 하나가 사라진다
이 밤에 어디로 가는가
작은 것이 더 작을 수 없을 때
큰 게 더 커질 수 없을 때
더 이상 존재치 못할 그 무엇이 되어

그것이
신이거나 우주이거나
시의 소여所與 소광消光일 수 있다.

몽상으로부터의 자유

몸은 방 안에 있는데
마음은 니콜 키드먼을 만나러
라스베이거스로 간다
헬로우 캔 아이, 영어로 말한다
존재는 존재하지 않을 수도 있다

그래도 그렇지 늙은 아내 몰래
키드먼을 만나러 가다니, 그래도 그렇지
환상은 언제나 나를 행복하게 한다
실재의 부재, 그 틈을 이용한다
그래도 그렇지 데스밸리의 봄날
니콜 키드먼의 입술은 새빨갛다
행복하다, 그래도 그렇지
마음을 놓아 버릴수록 환상은 커진다

우리 집에는 두 벌의 은수저가 있고
나만의 환몽은 실정법에 걸리지 않는다

나의 세계는 어디까지일까
개꿈은 꿈이 아닐 수도 있다.

생각과 명상의 차이

회색 하늘을 잘라
조각배를 만드는데

돛에 묻은 구름털
펑펑펑 함박눈내리고

착각에 얽힌 가락들이
루보 리얼리즘 날줄에 걸려
목쉰 손풍금소리를 내는데
마음이 제멋대로 수묵화를 그리는
달콤한 오후

우수雨愁

비가 물 되어 강으로 간다
　자정에
그가 편의점에서 나와
로또복권을 주머니에 넣고
손가락 펴서
하늘을 덮는다
　까만 빗물이 머뭇거리더니
눈 안에 고였다가
입술을 거쳐 발등에 떨어진다

젖는 것은 맘뿐 아니다
존재하지 않는 것도 젖는다.

봄바람 자갈치에 불다

봄바람 분다 꽃바람 분다
사람 사는 부산에 신바람 분다
빨랫줄에 걸어둔 토성동 란제리가
남포동 한길 가에서 팔랑팔랑 분다
제3부두 선착장에 입항하는 카페리
뚜우— 뚜우— 뱃고동 분다
용두산 꼭대기에 삐딱하게 걸린
촌로의 비뚤어진 맥고모자가
해풍에 흔들리며 휘파람분다
몽돌을 베고 자던 태종대 파도가
영도다리 밑에 와서 다리 들고 분다
짚불에 굽히는 충무동 꼼장어가
허연 연기 덮어쓰고 봉두난발 분다
술 취한 사내들이 막술집 문전에서
열어젖힌 지퍼 사이로 몽둥이를 꺼내
시커먼 바다 속에 쏴쏴 거품 분다
덩실덩실 꽃바람 자갈치에 분다.

화창한 봄날

연분홍 살구꽃 한 잎
청람색 물에
나비처럼
날개를 접었다 폈다
한가롭다

꽃이 물인지 물이 꽃인지
소녀의 볼때기 같은 봄빛
돛배 타고 논다

사람팔자는 꽃과 달라서
물에 띄워도 뜨지 못한다.

생명예찬

1

피고 있는 꽃 모가지를 꺾어

꽃병에 꽂는다

피던 꿈이

꽃과 함께 시들고 있다

바람이 산을 더듬는

까닭은 있는데 이유는 없다

꽃도 그렇다

모질게 70을 살아도 아픈 건 아프다.

2

발에 밟힌 개미가

다리를 절면서 고부린 몸을 안고

그냥 간다

어디로 가는가

생과 사의 갈림길

묻는다고 답은 없다

내가 듣지 못하는 비명을 지르며
내가 보지 못하는 눈물을 흘리며
뙤약볕 지고 간다.

3
한 줌의 햇빛을 품으려는
잎과 줄기의 다툼을 본다
벌에게
한 방울 꿀 따기는
천 송이의 꽃술에
만 번의 날갯짓이라는데
새싹 하나가
대지의 뚜껑을 열고 나오면서
지상의 눈치를 살핀다
인생도 그렇다.

와, 봄이다!

봄이 왔다고
종일 행복한 건 아니다
배꽃은 울타리 안에서 피고
민들레는 길가에 피었다
울타리는 사람이 만든 것이다

겨울이 갔으나 아직은
햇살이 미심쩍고
민심을 모르는 것은 정치나 종교만이 아니다
수상한 것은 현실만이 아니다

식물의 간뎅이는 동물과 다르고
동물이라 할지라도 사람과 다르고
사람이라 할지라도 노소가 다르다

인생살이 8모라 하는데도
혼미한 향락은 끝내

도시의 본능을 다 도려내지 못한 채
민들레 꽃씨가 바람이 된다

울타리가 지켜야 할 우리들 세계
와, 봄이다!

묻다

이유를 물어주면 좋겠다
대답할 수 있으면 좋겠다
생각과 행위가 일치하지 못함에 대하여
진실과 진리가 다른 것에 대하여
권력의 야합과 종교의 협잡에 대하여
철학의 공리와 생애의 모순에 대하여

나머지는 그대로 두고
너는 왜 시를 쓰니, 라고 물어주면 좋겠다
자신의 침도 더러울 때가 있다
인간이 동물과 다른 건 이런 따위다.

생의 다음은

홀딱 벗은 몸은 알몸이고
홀랑 벗은 혼은 알 혼이다

모두 그럴까마는
시를 쓸 때
거울을 볼 때 그렇다

다음 생에 나는 내가 아니다
지금은 포란기
다음은 내생來生

숨결이 절치하면서
운명의 계시를 빼꼼히 본다.

맛있는 밥

이팝꽃이 피었고
보릿고개 넘는 봄이
어지러워 비틀거릴 때
수상소감을 보내라는 등기가 왔다

참새도 꽁지를 까불며
이렇게 좋은 날

밥 짓고 남은 잔불에 굽는
고소한 간갈치 냄새가
하굣길 허기진 창자에 기어들 때

엄마— 밥 줘!

생명의 환희

바위틈이 벌어져
꽃 같기도, 구멍 같기도, 여유 같기도
추억의 흉터이거나 운명의 주둥이 같은

그 이상한 틈에
자꾸 들락거리는 봄빛
새싹 한 촉이 새파랗게 나와
살랑살랑 하늘 손짓에 춤추고 있다

생명의 환희
벌어지는 것에는 탄생이 있다.

옛집에서

1
처마 밑 노란 제비새끼들
재잘재잘 남색을 깨우는데
등 기댄 온돌에서 엄마 체온 모락모락
몸이 얼마나 늙었는지
맘이 왜 서글픈지 알게 한다.

2
청도 도라지는 모두 청도라지고
청도 반시는 씨도 없고
청도 미나리는 맹물에도 자라고
청도 고추는 풋것도 빳빳하고
청도 복숭아는 황토 먹어 노랗고
청도 소싸움은 화랑도의 투혼이고
이것만이 아니다
우리 아버지는 청도산 농부이고
다음 생도 나는 고향의 아들이다.

할미꽃

할매야 잘잤노?

간밤엔 추웠제?

허리 좀 펴 봐라

얼어 꼬부라졌네

손자가 만들어준 작대기는 우쨌노?

햇빛 나거든

고개 들어 빳빳이 서 보거라

어이구 어이구 엄살 그만하고

호호호 좀 웃거라.

고향 생각

길가에 민들레 피었다

작은 키 땅에 붙었다

꽃잎 두어 개 날아가고
젖니 빠진 소녀이듯 웃는데
아슬아슬 지나가는 구둣발

빼빼한 노랑색 봄이
점순이 자궁같이 피었다.

여우비

뭉게구름 한 다발 머리 위를 지날 때
누가 참깨를 터는지 고소한 빗방울들이
깨알같이 떨어진다
늘어졌던 고무마 줄기들 시퍼렇게 일어서는데
빈 뜨락을 지키던 삽살이가
꺼먼 허공에 허연 대가리를 들고 두어 번 짖는다
낮잠 드신 아버님 깨실까 하여
깨금발로 대청을 건너 젖은 책보를 펴는데
텅 빈 양은도시락이 달그락 하고 놀란다
아버님 왈,
"여우가 장가가나 보다."

젖고 싶다고 젖는 게 아니다

아침이 다 오기 전에

강물 몸통이 드러났다

물안개 실루엣이

바람 반대편으로 걸어간다

숨을 몰아쉴 때마다 축축해져

발을 옮길 수 없었고

비릿한 수면이 쳐다보고 있다

하얀 것이 세상을 채우고 있는데

까만 돌멩이 같은 새가 날아간다

손으로 강물을 건져보는데

손가락 사이로 한사코 빠져나가는

물

젖고 싶어도 더는 젖지 못하는

동강의 안개

허옇게 껴안고 새벽을 건넌다.

겨울을 우는 산

산이 운다

나귀에 끌려가는 마차처럼
브레이크 풀린 바퀴처럼
끈 터진 비올라 선율처럼
자갈돌을 쓸어 담는 소리로
정상에서 골짜기로 내려와
우우우—
유리창 외피를 두드린다
거기 알몸의 가로수들 서 있고
캄차카에서 달려 온 바람이
얼음의 등에 업힌 화살처럼 운다
그리그의 솔베이지송을 틀어놓고
밤을 슬프게 운다.

늙은 친구 메시지

산의 머리는 바람이 깎아주고
강의 얼굴은 물결이 씻어주네

저 보게
정상의 숲은 이등병 두상 같고
물속의 눈은 소녀의 동공 같네
세상사 이러저러하다 한들
두거라
꽃 피고 새 울지 않느냐
저 노을의 분홍빛은
무욕의 농익음이러니
오늘이 우리 인생의 정오이니라.

눈오는 밤

외등 머리에 눈이 오네

불빛이 살구꽃잎 같다

상복 입은 나비 같기도 하고

다 잠들고
등 혼자서 적막한데
시간이 쉬는지
고요한 밤이 샘물 같다.

밤에 보는 자화상

잠들기 전에 거울을 봅니다
내 눈에도 이리 낯선 까닭을
놀고먹은 세월 탓이라 여겨
오늘은 저녁을 굶었습니다
배라도 곯리고 줄이면 혹시나
이쁘고 날씬해지려나 하며
늙은 손으로 얼굴을 만져봅니다
오래 산 소나무 껍데기 같습니다
불 끄고 돌아누운 거울 속에서
비실비실 웃는 얼굴이 보입니다.

오렌지빛 인생

호수 속
샛별들이 산도화 같다
텀벙 들어
한 소쿠리 건진다

퍼득이는 은비늘
별은 튀어서 다시 호수에 들고
소쿠리엔 물기만 남는다
삶이란 그런 것이다.

책과의 이별기

책을 버린다는 건 참 어려운 일이다
책장을 정리하며 마음을 다잡는다
닳고 낡고 때 묻고 다 읽은 책일지라도
여간 모질지 않고서는 던져지질 않는다

완전한 자유, 한국현대문학의 분석적 읽기, 서양음악
소사, 대세계사, 경영자의 윤리와 사회적 책임, 해방문학
20년, 맑고 향기롭게, 아름다운 인생, 북방문학과 한국문학,
유심, 김동인문학연구, 주역, 맹자, 언론문화의 변동과 새
지평, 서울과 파리의 마로니에, 검은 진주의 눈 아프리카,
사랑의 팡세, 만물상, 좋은 시, 대한민국 선진화 전략,
한국현대시 연구, 전혜린 에세이집, 건전한 사회, 막심
고리끼, 일본은 없다, 한국인의 유모어, TV무용론, 女四書,
이 아침에 설레임을 안고, 소련 공산당사, 멀리 걸어온 시의
향연, 나는 가끔 들판으로 간다

부르다가 그만 둔다

적어본들 이제 저들이 리어카에 실려 떠나면

우리 인연 다시 볼 수 없을 터.

기다림

명치끝이 아파도 기다리는데
우리 약속은 지켜지지 않고
나는 유년의 장난감처럼 낡아진다

스무 살 쉰 살 일흔 살

저물녘, 혹 눈이 올라나
가슴 열어놓고
비밀을 지키며 서 있는데

추억의 바구니를 든 세월이
지하도를 나와
위험한 차도를 건너고 있다.

화창한 봄날

방석만한 햇빛이 방에 든다
손님처럼
얼굴 만지는 아내를 쳐다본다
휴지통의 뚜껑이 반짝거리고
화장실 다녀온 사이
물티슈 한 장이 반쯤 말랐다
마침내
시선이 머문 그곳에
W컵 브래지어가 포장 뜯긴 채
빨갛게 내다보고 있다
나는 자꾸 웃었다 어젯밤에도 웃었고
이불을 개면서도 웃었다
햇빛이 코털까지 흔들어주는 봄날.

겨울로 가는 산책

갈치 같은 전나무들이
차렷 자세로 서 있는 겨울 공원
나무와 나무 사이로 길이 있다

길은 실처럼 가늘고 길어
끄트머리가 가물가물한데
누가
점처럼 오고 있다

설마, 저쪽도 그러할지 몰라도
숨이 커지며 혹, 인연이 올라나 하고
무위를 내려놓는 순간

바람이 지나고 눈이 올라나
띄엄띄엄 눈발이
하얀 마스크 위로
별빛 같은 눈동자 스쳐갔다

〈

그리고 겨울과 겨울, 밤과 낮,

그믐과 동짓날에도 혹시나

새파란 그대를 생각하며 걷는다

바람 같은 소리

없는 듯하여 공기空氣이고

공기의 움직임이 바람이다

왜 분다고 하는지는 몰라도

산에 불면 산바람

강에 불면 강바람

봄에 불면 봄바람, 겨울에 불면 겨울바람

신바람, 치맛바람, 정치바람, 눈물바람,

모래바람, 선거바람, 태풍, 미풍, 광풍, 질풍, 해풍,

돌풍, 소풍, 기절초풍 참 가지가지 한다

이러니 바람인들 제정신이겠는가?

고목에 꽃피우기

봄이 와서
백 년 묵은 왕벚꽃 흐드러진다
꽃그늘에 드러누우니 하늘 전부 꽃이다
산까치 한 쌍 둥지 트느라 분주할 즈음
방정맞게 핸드폰 운다
잽싸게 정지를 시켰는데
문자가 띠리리 왔다
'동창생 몇이 주말 어린이대공원
꽃구경 가고져 하니 준비하거라.'
곧 죽어도 어린이공원에서 놀자는 할배들
'알았다.'고 답한다

영혼의 포박을 풀고 나오는 헛웃음소리
놀란 꽃들이
4월에 쏟아지는 눈꽃 같다.

허기

입

크게

벌리고

선지

덩어리

씻뻘겋게

씹어 삼키는

국밥집

정오

〈

허기를 채우는 건 맛이 아니다.

패랭이꽃

돌 틈에 피어난
분홍 석죽화

돌쇠 대가리에 올라앉은 패랭이
바람 불어 까닥이듯

아무 때, 아무 곳 피지 못하고

돌담 틈 엿보는
뒤 뜰 안에

애기씨 볼빛으로 발그레 피었네.

무식하고 바보 같이

古古 古古 고고클럽에 가서
콜라 마시고 취한다
미쳤기 때문에 나는 존재한다
늙은이는 씨부렁거리는 것보다
움직이는 게 낫다
세상은 나이를 탓하지 않는데
나이가 세상을 탓한다
바보는 자기가 바보인 줄 모른다
현자는 자기가 현자인 줄 모른다
죽은 자 자기가 죽은 줄 절대 모른다
노자의 道可道非常道는 진리가 아니다
모든 존재는 영원하지 않으며
인생 일장춘몽이란 말은 맞는 말이다

설마설마 하지 말거라
古古 古古 古古
GO GO GO 이 정도면 되겠니?

우리가 그렇거늘

1

꽃 모가지를 비틀어 꺾는데

키 큰 나무가 부릅뜨고 내려다본다

나는 윤동주 보다 오래 살았다 그래도

하늘을 우러러 부끄러운 줄 모른다

고흐의 잘린 귀가 해바라기로 핀다

살았던 세상에서는 웃지 않았다

동물 가운데 인간만이 하늘을 올려본다.

2

내가 세상에게

너를 더럽히는 건 내가 아니라 하니

세상이 나에게

너를 더럽히는 건 세상이 아니라 한다

그럼, 누구의 탓인지 몰라도
인간은 더러운 세상이라 하고
세상은 더러운 인간이라 한다.

일체유심조

하늘은 넓고
창공은 높고
우주는 먼데
숲에 벌렁 누우니
나뭇잎이 에돈다

우우― 바람 불어도
자궁이듯 안온하다
마음조차
마음이 있는지 없는지 모른다.

쪼글쪼글 또는 포동포동

맑고 빨갛고
포동포동은 가고
까맣고 푸석푸석하고
쪼글쪼글한 젖꼭지를 만지다
잠을 깬다

그러거나 말거나
코를 골며 잠든 아내의 세계에
산 너머 새벽이 오는지
작대기를 짚고서라도 일어서려는
참 달콤한 몽유 속 거시기
우락부락 헤매는 아침

일상엔 내성이 생긴다

밥 짓고 설거지를 하고 장을 본다

병중인 아내 대신 살림을 오래 한다

오늘은 비 오고

시금치, 풋마늘, 꼬막과 고등어,

계란까지 싸들고 시장통을 나온다

힐금힐금 쳐다보는 사람들 틈에 참

신기하게도 부끄럽지 않다

봄비는 부슬부슬

두 손이 모자라

떨이로 산 밀감봉지를 허리에 찬다

신호를 기다리는 사이 사람들이 모이고

모인 사람들이 쳐다본다

늙은 머리칼과 까만 비닐봉지가 쭈글쭈글 젖는데

속으로 조금은 죄인 같은 생각도 든다

이상하거나 불쌍하거나

나는 대한민국 육군 병장 출신이다

가슴을 내밀고 **빳빳**히 고개를 들고

보무도 당당히 걷는다

매달린 봉지들이 쇠불알이듯 덜렁거린다.

강물에 빠지는 엘레지

눈이

함박눈이

지상을 덮어

씌우려는 팝콘같이

혹은, 나풀나풀 나비같이

가로로 또는 세로로 웃으며

세상만사 위요하는 신비로

천하태평 자연의 몸짓으로

내려도 내려도 다 녹는 강물에로

사정없이 송두리째 뛰어들고 있다.

헛소리

못은 대가리가 있고
대가리를 맞아야 못이 된다
인생도 그렇다

늙은이에게 묻기는 하되
답을 얻지 마라
인생은 해석이 아니다

사물을 눈에 담지 말고 마음에 새겨라
보고 읽고 만져도
깨닫지 못하면 지혜가 안 된다

시도 그렇다
세계 무엇도 시로 쓸 수 없다
쓸 수 없는 걸 쓰는 게 시다.

수영 水影

호수 속에 산이 사네

봄이 와서
산자락에 풀꽃이 피네

하얀 양떼구름
뽀송뽀송 돌아다니네
비탈을 오르는 숲이 있고
촘촘한 오리나무 사이로
깍깍 까치들이 날아다니네

알 깐 송사리떼 왔다갔다
물고기와 산까치가 함께 사네
그새 산이 더 파래지네.

옛날에 옛날에

찔레꽃에 누워 낮잠 든다
벌새를 타고 초량역으로 간다
역 앞 텍사스라 불리는 길쭉한 골목에
양공주라 불리던 소녀들이 살았고
텍사스 출신의 스미스 일병은
매부리코로 나와는 친구였다
함평장터 국밥집 막내 점순이는
우리 둘의 단골이었다
주말에는 스미스와 자고
평일에는 내가
화대 대신 시를 읽어주었다
스미스가 마시다 둔 빨간 양주를
곰팡내 나는 총각김치로 나눠마시며
싸우기는 했어도 신세타령은 없었다
가끔
점순이가 얼마나 늙었나 궁금은 하다.

그 봄은 행복했네

돌에 앉아 돌이 되고
나무 곁에서 나무 되던
그 봄의 무위가 아련하네
궁핍의 시대
막 피어오르는 버들잎들
뾰족이 돋은 올챙이다리
살가운 것들 지천이었네
보리 익는 들녘 황색이 가득했네

그날 같은 날
한 접시의 나물 안주로
텁텁한 막걸리 마시네
콩죽 한 그릇
동생들과 나눠 먹으며
들일 나간 엄마를 기다리던
허기진 화평이 피어나는 봄
늙어 침침한 눈 안에 선하네.

가을 아침에

아침 햇살이
방청소를 한다

커튼 무늬들이
걸레질을 한다

백자분 주둥이의
먼지를 털어낸다

소리가 없는데도
분주히 옮겨지는 그릇들

국화 한 송이
햇빛으로 핀다.

세상의 바깥

데에엥, 데에엥, 데에에엥—
그곳에 가을이 먼저 와서 바람이 맑아
잎 지고 남은 가지에 홍시 두어 개
붙어있지 못하고 매달려 있네

그림 같은 그 시간 종소리 들리네
종이 어디서 우는지, 가늘고 길어 들리다 말다
몸을 오그라들게 하며
늙은 종치기를 궁금케 하네

달빛 가득해지며
종루에서 떨어지지 못하는 종소리들
오래 살았으나 처음 보는 낯선 동네
참으로 나지막한 산골이네

쉬이 늙는 게 죄 같네
하늘이 달빛을 품어 환하게 하고

하나씩 떨어지는 잎이 지상을 따뜻케 하여
내가 세상에 살아있어 황홀하네

마음이 하자는 대로
따르지 못하는 몸이 미워지고
더 먹고, 더 놀고, 더 하지 못함이 원망스럽네
그러네, 세상 바깥은 행복하네.

3부

술 취한 바다

늙은 뱃사람이 갑판 가득 술을 싣고
달밤의 뱃길을 가다가
바다 속을 떠다니는 달덩이에 취해
마시던 맥주를 파도에 쏟는다

맥주에 빠진 바다가 부글부글 거품을 물고
허겁지겁 뭍으로 기어오르는데
허옇게 잇빨을 드러낸 달빛이
깃발처럼 펄럭펄럭 발광하며 웃는다

물 속에 들어온 별들이 깨끗이 씻긴 얼굴로
팔랑팔랑 떠다니고 있다.

안개비

허연 강을 건너서

잠 덜 깬 새벽에

동구로 들어서는

늙은 사내의 귀향

물에도 젖지 않는

선한 몸 표표하게

낙동강 하구를 건너오는

저들, 안개비.

눈 내리는 밤

겨울밤에는 눈이 내려야 하느니

기다릴 때 몰래 내려야 하느니

밤중에 와서

야릇한 세상의 협잡을

종교와 율법의 야합을

고스란히 덮어씌워야 하느니

그들의 검은 발목에 밟힌

붉은 상처의 세계를 어미처럼 껴안고

어둠을 밝혀야 하느니

그리하여 떠오르는 동녘 햇살에

침묵을 깨고

천하 산천이 순전히 빛나야 하느니

가급적 섣달의 끝날에 펑 펑 펑

박수같이 내려

세계가 전부 고향 같아야 하느니.

은사시에 눈이 내리고

눈이 내리고
사시나무에 은색 꽃이 핀다
기도 같기도
은수저 같기도
서 있는 침묵을 본다

도시에 겨울이 떨어져 추워지는데
공원 한 켠을 지키는 은사시 숲
다 벗은 나무의 몸에
펄펄 눈이 입혀서
백의의 천사가 된다

상복 입은 우리 누나
잔기침 콜록콜록
추억을 헐어내듯 눈이 내린다.

설상雪象과 산향山香

산에도 강에도 눈이 내린다
땅에 내리는 눈은 하얗게 쌓이고
물에 내리는 눈은 파랗게 녹는다

쌓이는 눈은 꽃처럼 피고
녹는 눈은 비늘처럼 반짝인다
같은 하늘의 눈도 만남이 다르다
우리도 그렇다

산에 갔더니 산에도 눈이 온다
나무를 쳐다보니 나무도 같이 본다
신기한 것은 이것만이 아니다
바위아래 고인 샘물
눈 속에 눈을 뜨고 파랗게 살아 있다

설향雪香 묻은 산상山象 방까지 따라 든다.

노을

사람이 노을 같아라
노을이 사람 같아라

불그레한 저 빛
오래 바래진 비단 같기도

추억이 발효하는 술병 같기도

생의 고단이 풀어놓는
어릿한 환영 같기도

저리 노리쩡쩡한 얼굴색
화농 묻어가는 천명같이
홀홀한 빛살로 바래지고 있네.

허공을 산책하다

여의봉을 짚고
하늘 길을 나서는데
운봉에 이르자
구름숲이 발목에 걸린다
이리 더뎌서야
어느 시절에 북두에 가며
쉬이 푸른 은하에
늙은 발 담글 수 있겠는가
고요가 무궁하여라
무심이 모두 허공이니라.

일상의 꿈

골목집 아지매 빵을 굽네
잘난 것은 손님에게 팔고
못난 것은 식구에게 먹이고

나중에 나중에 부자가 되면
가루 묻은 지폐들 머리맡에 두고
대낮에 다리뻗고 낮잠 한 번 잘래

아침에도 저녁에도
빵 대신 밥을 먹고
베개를 끌어 앉고 드라마 볼래

추억 같은 이야기 애들한테 들려줄래.

세상사 그러네요

사람이 세상을 만드네요
만들어 놓고 좋다 싫다 하네요
나무 없는 산은 그늘이 없네요
뜬구름 속에도 천둥과 번개가 사네요
어제 해는 지고 오늘 해가 뜨네요
시를 쓰고, 시를 읽고
시를 사랑하기 때문에 사람이네요
지구의 자전 공전은 둥글기 때문이고
모난 돌이 정 맞는다는 속담이 있네요
그러네요.

가을 저녁에

가을이 산에서 내려와

모가지를 움츠리고

낙엽 묻은 발목으로

굽은 길을 돌아서

단 접힌 커튼 사이로

거실을 거쳐 안방까지

불그레한 얼굴로 찾아왔다.

만추晚秋 타령

밤늦게 흘러간 옛 노래 흥얼거린다
낙엽은 시골 편지처럼 밟히고
나이는 봇짐처럼 무겁고
다리는 달구지처럼 덜컹거리고
가슴은 해진 점퍼처럼 헐렁한데
이런 날은
호롱불 켠 시골 골방에 벌렁 누워
숙영낭자전을 소리 내어 읽다가
누나의 잔소리를 들어야 하는데

바람이 돌아오는 골목길 끄트머리
알밤을 구워 파는 노파 앞
불쌍한 사람은 모두 우리 엄마 같아서
흰죽같이 허여멀건 하늘을 쳐다본다
하,
누구라도 덥썩 붙들고
따끈한 모주 한잔 나누고 싶다

운다고 옛사랑이 오리오만은—
서러운 것을 서럽다고 하는
그 놈이 사람이다.

운명적, 너무나 운명적

이팝나무 울타리에
뿔난 여치 한 마리가
길다란 다리를 걷어붙이고 있다
저놈
숲으로 뛸까 찻길로 튈까
운명은 선택되지 않는다
결과가 운명이다

사람이 어떻게 살아야 하는지를 알아도
그렇게 살지 못한다
그것이 숙명이다
얼이 사는 굴을 얼굴이라 하는데
얼빠진 채 사는 게
세상사 현실이다.

그 산에 겨울이

수리산 허리에
노간주 한 그루 겨울비 맞고 있더라
고슴도치처럼
은색바늘로 빳빳이 섰더라
언 산에
나무가 생명을 부지하는 것은
여간한 일인데
겨울비 내리고
떨어지는 빗방울이 염주처럼
방울방울 꿰어지고 있더라
그것만이 아니다
바람 불자 달그락달그락
염주 알이 경을 읽고 있더라.

나무의 겨울나기

겨울나무가 되려 했다

딱 반나절만

나무의 겨울나기를 해보려 했다

옷은 벗지 않았지만

얼마간 결심을 지키려 양말은 벗었다

구두는 벗지 않았다

나무의 발은 땅속에 있었고

흙이 더 쓸릴지 아닐지 짐작만 했다

밤새 내린 눈이 조금 녹아서

신발 밑으로 스며 젖어왔다

나무야 너는 어느 쪽이 등짝이니?

대답하지 않았고

휙, 바람이 불었다

햇빛을 등지고 있는 쪽이 더 두터웠다

나무는 가지를 자주 흔들었고

내 어깨는 뚝뚝 소리를 내며 얼었다

나무야 너는 춥지도 않니?
사는 법이 달라서 그런지
꼿꼿이 서 있기만 한다
나무의 겨울나기, 그것은
경험으로 되지 않음을 알았다.

만 년을 사는 새

만년설에
만 년 전 비밀이
얼음에 갇혀
만 년을 그대로 있다

비취색으로 찍힌 새가
고개를 두리번거리며
외발을 내리지 못하고 있다

창공을 향해 펄럭펄럭
비상을 시도하고 있다.

황색 추억

노란 나비가 노란 햇살을 이고

노란 유채꽃에 앉아 노란 날개를 접었다 폈다

노란 새싹들 노란 관절이 뚝뚝 소리 내며 자라고

배고파

하늘이 노란 봄날 오후

노란 등을 여태 켜놓은 우리 동네 가로등

하늘과 땅 온천지가 노란데

싯누런 보리밭 이랑들이

고난의 행군처럼 익어가고 있다.

갈치 졸이기

은갈치 두 마리 토막 내 졸인다

맨 밑에 무를 깔고 감자를 얹고 그 위에 갈치를 앉혀

잘게 썬 양파쪽을 뿌리고

불 위에 냄비를 올리고 풋고추와 홍고추를 얼기설기 하고

빻은 마늘을 얹고 맨 나중에 진간장과 국간장, 후추,

태양초가루, 생강가루, 맛술을 뿌리고

맛소금을 약간 쳐서 불을 키운다

보글보글 국물이 끓는다 끓는 것은 조림만이 아니다

밥솥과 마음도 끓는다

열이 가파르게 올라가자 일부의 국물이

뚜껑을 덜컹이며 튀어나오고

튀긴 방울들이 가스불에 찌직찌직 소리내며 타고

단내와 짠내, 비린내와 매운내가 혼연으로 샐 때쯤

정종 큰 한 술을 휙 뿌려준다

그리고 약불로 줄인다

쇄쇄쇄 밥솥 뚜껑이 정신없이 돌아갈 때

은수저 두 벌을 마른 행주로 닦아

가지런히 식탁에 놓는다

나머지는 맛이 어떨까 조여 오는 가슴
눈알을 굴리며 아내의 입술을 쳐다보는 일이다.

얼굴

얼의 집을 얼굴이라 한다는데
얼굴에는 몇 개의 방이 있다
눈구멍에는 풍경이
콧구멍에는 냄새가
귓구멍에는 소리가
입구멍에는 말과 맛
이들이 모여 사는 공동주택이
얼굴인가 보다

살다가 늙어 죽어 빈집이 되면
해굴이라 하고
해골바가지라고도 한다는데
바가지는 다시
무엇이라도 담을 수 있다.

그러거나 말거나

나무들이 모여 살면 숲이다
사람들이 모여 살면 동네고
위로 올린 동네는 아파트다

술에 취하면 비밀이 만들어지고
그 비밀을 나눌 수 있는 게 친구다

애국가를 부르면 동족을 느끼고
아내와 먹는 밥은 반찬이 적다

걷어차도 소리치질 않는 전신주
가을 다음은 겨울
어느 나라라도 겨울은 춥다

상상의 길은 천 리나 만 리나 길이가 같다
그렇다
아닐지도 모른다.

이유 없는 밤비

몸은 늙는데
늙지 못하는 마음 때문에
밤비 내리고

서성이는 게 한두 가지가 아니다

백색이라고 색이 없는 게 아니듯
누군들 그리움이 없겠는가
세계의 모든 삶은 세계의 하나다

그럼요, 그렇다 할지라도

비가 오는데

빗소리 듣지 못하는 이유를 묻다.

하늘공원

우리 집은 16층이고 건너 그 높이에
옥상공원이 있습니다
만든 사람은 저 편 주인인데
풍경은 이 편 내가 즐깁니다
지금은 겨울눈이 내리고
설중매 같은 눈꽃들이
가지마다 피어나고 있습니다
작고 나지막한 하늘공원
봄에 꽃피고 매미들이 합창하는 여름
지난 가을 홀딱 벗어버린 맨몸에
하얀 눈꽃들 핍니다
그래요, 저 공원
임자가 누구면 어때요
세계 만물들 사랑하는 이가
주인 아닐까요? 그럼요.

향수를 끓이다

비 오는 날
양은냄비에 라면을 끓인다

양주가 서양 술이듯
냄비는 서양 솥인데
토종스럽게 끓는다

어쩐지 쓸쓸하고
어쩐지 가난하게
라면이 익는다

계란을 풀어 그립고 아련하게
8자로 휘저으며
자루벌레처럼 스멀스멀 향수에 젖는다.

늦게 피는 꽃

봄이 오면 꽃피고
꽃은 봄에만 피는 게 아니다
같은 가지에라도
아침에도 피고 나중에도 피더라

바람이 불면 풀이 눕듯이
산이 푸르르면 산이듯 하고
강에 다다르면 강이듯 하고

이유는 간단하다
풀은 풀처럼
사람은 사람처럼 살면 된다

늦게 피는 꽃도 꽃이듯
행복은 깨닫는 것이 아니라 느끼는 것이다
기적은 느끼는 것이 아니라 깨닫는 것이다.

술 취한 새

새도 취할 수 있을까?
생각하고 생각해본다
생각 자체가 어리석은지도 모른다
그러나
새의 행동은 분명히 수상했다

무리와 더불어 날거나
똑바로 날거나 해야 했다

새의 생존은 사람 사는 방법과 같다
무리가 거꾸로 날 때 혼자 바로 날거나
무리가 바로 갈 때 혼자 삐뚜로 갈 때
그것이 정의라 할지라도
혼자가 이상하다

수상한 새는
보리수 열매를 따 먹고

원죄를 짊어진 인간처럼

혼돈의 무게에서 벗어나

이상한 혼자로 날고 있다

아무리 넓은 하늘일지라도

갈지자로 휘젓는 것은

마셨건 안 마셨건 분명 취한 것이다.

도둑

꿀벌이 창으로 들어와
식탁 위 꿀단지를 빨고 있다

이놈, 도적놈!

네가 도적인지 내가 도적인지
서로 쳐다보며 멀뚱멀뚱.

철새는 제철에 떠난다

겨울 철새가 떠나려 하는지
어제부터 심장 소리가 커진다
동백이 떨어지고
살얼음이 울기도
밤바람은 창을 흔들기도 하더니
북쪽 하늘을 향해 V字로 떠 있다

저들은 떠날 때 떠난다
봄이 온다고 에어컨을 달거나
세상에 빌붙어 비굴하게 굴거나
링거 줄에 매달려 비참을 떨거나
인간처럼 신에게 구걸하지 않는다.

황혼녘

지는 해가
산을 넘지 못하고
허리춤을 잡고 있네

언제 나타났는지
반질거리는 이마 위에
별이 뜨는데

세월, 너도 가기 싫은지
돌아보고 또 보는구나.

미신

인간 곁이 아닌
나무 밑에서
벼락 맞은 사람이 있다
죄와 벌을
구분하지 못하는 바보
천치가 신이다

선과 악을 가려주면
신이 아니다.

산길엔 산이 다니지 않는다

기찻길에 기차가 다니고
뱃길에는 배가 다니고
산길에는 비가 내린다

겨울에 초록이
노간주나무 밑에 보들보들 어는데
네 발로 올라왔다가
오체투지로 하산하는 중

삶이란 소풍일까 노동일까
묻지 않는 것이 좋다
아는 것은 모두 오해다.

무상

누런 들에 황소가 풀 뜯고 있는데
누가 두들기는지
두둥 두두둥 북소리 울린다

저 소리
쇠귀에도 들리는지
머리 들고 하늘을 쳐다보는 쇠눈의 동공이
참 선하다

쇠꿈은 쇠북일지 모른다
무상, 헛소리 같은 거
바람에 비린내가 나더니
가을비 내린다.

과거 속으로 몽유

디아스포라!

하현달이 실눈을 뜨고 무지개모텔 이마 위에서 만취한 세상을 지켜보고 있는데 오, 회백색 무리들이여! 우리 앉았던 자리에 빈 의자가 앉아 있고 LED전구 밑으로 흘러내리는 알몸의 달빛 아래 서성이는 허연 것들!

세상의 뚜껑이 열리는 그 시각 아주 천천히 걸어오는 새벽 속의 안개 같은 기억들. 탄광 광부 마이스트 돌매치 디크해머 겔센키에켄 쥬바이피어 인터내셔널 크라스 둥켈비어 도이취란드 융플라우 굳드몰겐 알아듣겠소?

일천일백일십 미터의 땅 속을 파보았소 새카만 굴 속에서 까만 김밥을 씹어보았소? 그래요 나는 논 없는 농부의 아들로 태어나 세상 궂은 일만 하다가 드디어 파독광부로 갔드랬소 그게 뭐 어쨌다는 건 아니오 다만 그런 회고가 잦아지는 간밤 거하게 한잔 하고 몽유도원을 거닐고 있는 중이오.

알이 궁금하다

우주의 처음은 알이었다

알은 기관 없는 신체

태양이 탄생시킨 최초의 세계다

둥글둥글한 지구地球를 수구水球로

스스로 우주여서

알은 탄생의 모태

어미의 자궁이었다.

공생

촛대바위가
바다에 서 있는데
바위 머리에
소나무 한 그루
촛불 켜듯 산다

바다가 바위의
바위가 나무의
명줄로 산다.

봄비 내리네

복면한 청소년 절도범처럼
금정역 뒷길에
봄비 온다

길바닥에 묻은 밤의 땟국을
헛바닥이 간보듯 온다

급행이 서지 않는 역에
더 급한 사람들 사이로
점찍듯 온다

귀에는 보이지 않고
눈에만 들리게 봄비 온다.

다시, 사람의 저녁

잘 가게
밥집 뒷문에서 친구와 손을 놓는다

저만치
가다가 돌아보는데
실체보다 더 야윈 인생이
웃는다

사람들 스치며 지나가고
차도의 소음에 묻혀
잘 가라니까!

소리치는 쪽을 돌아보지 못한다

간판과 간판 사이로
흐르는 세월이
낙엽이듯 지는데

〈

잃어버린 추억을 쫓아가듯
종종종 건널목 건넌다

세상에 나와
호사 한번 못했던
우리들의 하루가 날아가고 있다.

겨울 서정

오래된 구두가 계단을 밟을 때마다

찌거덕 찌거덕 소리 내는데

신호대를 건너

구두 수선소에 닿았을 때

잿빛 눈이 날린다

'눈 오네.'

수선공의 듬성한 짱백이가

오늘따라 벌초한 무덤 같은데

구두짝을 벗어주며

'눈 오는군요.'

겨우 4시가 지났는데

좌판에 놓인 귤과 땅콩의 색깔이

어둑해지는 골목 끝에

쭈그러진 할매의 등짝을 깔고 앉는 동천

자꾸 눈발이 굵어지고

꿰매진 구두를 신고

산본약국 모퉁이를 감아 돌면서

손가락을 꺼내 두어 번 입술로 불어본다

다시, 시장 골목을 꺾어드는데

키 작은 사람을 따라 나오는 빵 냄새

단골 가게 할매가 툭툭 눈을 털면서

붕어빵 한 개를

제대군인처럼 축 늘어진 대열에서 건넨다

'춥제?'

까만 비닐봉지 서너 개를 들고

주민자치센터로 가서 노령연금을 신청했더니

부자라서 안 된다는 소리에

비실비실 자꾸 웃으면서

엘리베이터를 타지 않고 1층에서 16층까지

계단 계단 한 칸씩 밟아 집에 든다.

오월이 청마 같이

1
청말이 달리는구나
푸른 하늘 등에 태우고
오월 들판을
시퍼렇게 달리는구나
멍에를 벗고
재갈을 풀고
비로소 말이 되는구나
사랑이나 운명이라는 것이
허깨비가 되는구나
시퍼런 생명이
기어코 세상에 하나가 되는구나
저 봐라! 휘날리는 갈퀴
등 푸른 육질의 늠름한 능선을……
내달리는 발굽마다
국화빵처럼 찍히는 들꽃들의 미소를
달리는구나 푸른 말이
바람이듯 달리는구나.

2

아카시아 꽃이 피는구나! 어느새 지는구나!

오월의 눈부심이

동짓달 눈보라이듯 휘날리는구나

너도 세월을 아는구나

곯게 늙은 둥치가 지축을 흔들어

세상의 한낮에 흩뿌려 춤추는구나

인간은 나이가 어때서, 라는데

꽃은 피더니 지는구나

봄이 어느새 저만치

청마처럼 달리는구나.

2015년 5월 어느 더운 날
교정지를 내려놓으며……

철새는 제철에 떠난다

ⓒ2015 박현태

초판인쇄 _ 2015년 6월 24일

초판발행 _ 2015년 6월 29일

지은이 _ 박현태

발행인 _ 홍순창

발행처 _ 토담미디어

서울 종로구 돈화문로 94(와룡동) 동원빌딩 302호

전화 02-2271-3335

팩스 0505-365-7845

출판등록 제2-3835호(2003년 8월 23일)

홈페이지 www.todammedia.com

편집미술 _ 김연숙

ISBN 979-11-86129-21-0